空の牧場《まきば》

JUNIOR POEM SERIES

佐藤　雅子 詩集
佐藤太清 表紙／菊池治子 さし絵

もくじ

第1章

第2章

第1章

あのじ

おぼえたばかりの　あのじ
おにわで　かいてみた
ありさん　みてたけど
くびをかしげて　いっちゃった
ありの　あのじ
しらないんだな

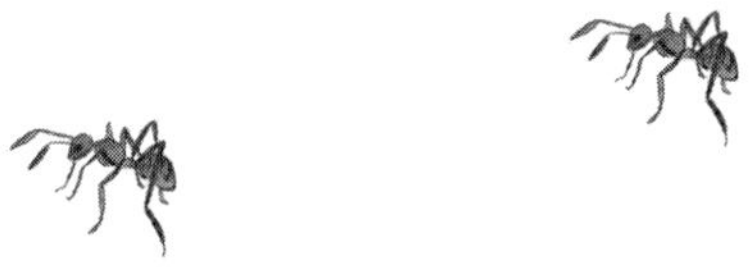

おぼえたばかりの　あのじ
おおきく　かいてみた
ありさん　またきたよ
くびをかしげて　まってるよ
あめの　あのじ
わかるんだな

ぷうした　たねは

すいかを　がぶっ
たねは　ぷう
ぷうした　たねは
おにわに　とんで
ありさんの　おうちの
ドアに　なる

すいかを　がぶっ

たねは　ぷう
ぷうした　たねは
かきねに　とんで
ことりの　三《さん》じの
おやつに　なる

すいかを　がぶっ
たねは　ぷう
ぷうした　たねは
はたけに　とんで
もいちど　おおきな
スイカに　なる

かぜさん　かぜさん

りょうてをひろげて　かけてきた
かぜさん　かぜさん
いっしょに　つれてって
いっしょに　あそぼうよ
うれしそうに　おどりながら
あたまや　せなかを　おしてくる

さよならいやだと　かけてきた
かぜさん　かぜさん
まだまだ　かえらない
まだまだ　あそぼうよ
さびしそうに　うたいながら
おでこや　おなかを　おしてくる

ききょう

ふっくらつぼみは　お手玉《てだま》みたい
風《かぜ》といっしょに笑《わら》ったら
紫色《むらさきいろ》の糸《いと》が　ほどけて
ききょう　咲《さ》きました

つつんでひらいた　ハンカチみたい
風といっしょに歌《うた》ったら
紫色の秋《あき》が　こぼれて

ききょう　咲きました
五《いつ》つの花《はな》びら　星《ほし》の子《こ》みたい
風といっしょに話《はな》したら
紫色の空《そら》に　ひかって
ききょう　咲きました

あなたは　だあれ

きいろいクレヨン　ロケットに
のってきたのは　だあれ
いちょうのはっぱを　きいろにぬって
たんぼや　はたけも　みんなぬって
わたしのかみまで　きいろにそめて
すすきのかぜに　ひかってる
いったいあなたは　だあれ

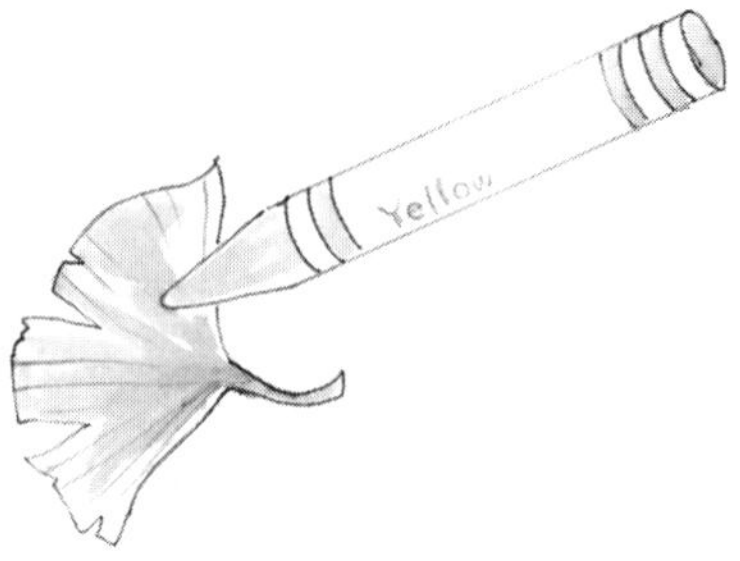

まっかなクレヨン　ロケットに
のってきたのは　だあれ
かえでのはっぱを　まっかにぬって
かきのみ　なんてん　みんなぬって
わたしのほっぺも　まっかにそめて
きのえだそっと　ゆすってる
いったいあなたは　だあれ

子《こ》どもだって

北風《きたかぜ》ぴいぷう　ふいている
子どもは風の子　寒《さむ》くない
なんて　いったい　だれがきめたのさ
子どもだって　子どもだって
こたつの中《なか》に
もぐっていたい時《とき》もあるさ

ひざこぞう　ぶつけて　すりむいた

子どもはつよいぞ　いたくない
なんて　いったい　だれがきめたのさ
子どもだから　子どもだから
大《おお》きな声《こえ》で
なきむししたい時もあるさ

いつまでテレビを　見《み》ているの
子どもは八時《はちじ》で　おわりです
なんて　いったい　だれがきめたのさ
子どもだって　子どもだって
おとなのきぶん
よふかししたい時もあるさ

ぞうきんさん

朝《あさ》からばんまで　ぞうきんさん
毎日家中《まいにちいえじゅう》　ふきそうじ
足《あし》のうらまで　ギュッ　ギュッ　ギュッ
きれいずきな　ぞうきんさん
まっ黒《くろ》になって　まっ黒になって
はたらき者《もの》の　ぞうきんさん

あしたのじゅんびは　ぞうきんさん
バケツのおふろで　リフレッシュ
洗《あら》ってすすいで　ギュッ　ギュッ　ギュッ
きれいずきな　ぞうきんさん
まっ白《しろ》くなって　まっ白くなって
がんばるぞって　ぞうきんさん

サンタクロース　見《み》たいんだ

ベッドにくつした　つけました
じゅんびオーケー　まってます
こんやは　ずっと　おきていて
サンタクロース　見たいんだ

トナカイまいごに　ならぬよう
ツリーのあかり　ゆれてます
こんやは　ずっと　けさないで

サンタクロース　見たいんだ
ねむらないように　うたいます
ベッドのなかで　つづけます
こんやは　ずっと　おきていて
サンタクロース　見たいんだ

春《はる》はくるくる

？《はてな》のマークの　ぜんまいが
つめたい風《かぜ》を　よけながら
首《くび》をまるめて　考《かんが》える
　春はくるくる　くるのかな
くるくるまわってくるのかな

うず巻《まき》お家《うち》の　かたつむり
ぴったりドアを　しめたまま

背中《せなか》まるめて　夢《ゆめ》みてる
春はくるくる　くるのかな
くるくるまわってくるのかな

豆《まめ》つぶみたいな　だんごむし
落葉《おちば》の下《した》に　もぐりこみ
全部《ぜんぶ》まるめて　待《ま》っている
春はくるくる　くるのかな
くるくるまわってくるのかな

第2章

うさぎさん

うさぎさん
きている　しろい
ふわふわ　コート
ボタンが　あったら
いいのにね
あついときには　ぬいで
タンスに　しまって　おけるもん

うさぎさん
ももいろ　ながい
ぴくぴく　おみみ
つばさに　なったら
いいのにね
たかくとぶとき　よこに
ひろげて　つきまで　いけるもん

キリンのかあさん

キリンのかあさん
グーンとくびを　クレーンしゃ
あかちゃんと　おはなししたいとき
ひくくひくくのばして　おかおをよせて
いいね　いいね

キリンのかあさん
グーンとくびを　クレーンしゃ

あかちゃんが　まいごになったとき
あっちにこっちにのばして　さがすのじょうず
いいね　いいね

キリンのかあさん
グーンとくびを　クレーンしゃ
あかちゃんの　おなかがすいたとき
たかくたかくのばして　このはをとるの
いいね　いいね

ぞうさんのこもりうた

ぞうさんの赤《あか》ちゃん　ねんねのときに
ママのおうたは　どんなうた
長《なが》いおはなで　リズムをとって
ゆうらり　ゆうらり　こもりうた

ぞうさんの赤ちゃん　ねんねのときに
ママのおはなし　どんなふう
長いおはなで　おでこをなでて

かわいい　かわいい　こもりうた

ぞうさんの赤ちゃん　ねんねのときに
ママのだっこは　どんなふう
長いおはなを　ゆりかごにして
ねんねんころり　こもりうた
ねんねんころり　こもりうた

モグモグ　かいじゅう

ちいさいおにぎり　つまんでは
おはなや　ほっぺにも　たべさせて
ごきげん　モグモグあかちゃん
モグモグかいじゅう　すごいぞ
たべて　たべて　おおきくなあれ
　　　　　　　　おおきくなあれ

おくちのまわりは　あかいひげ

おてても　エプロンも　トマトいろ
ハンバーグ　モグモグあかちゃん
モグモグかいじゅう　すごいぞ
たべて　たべて　おおきくなあれ
　　　　　　　　おおきくなあれ

デザートみつけて　おおさわぎ
あしまでバタバタ　うれしそう
おいしい　モグモグあかちゃん
モグモグかいじゅう　すごいぞ
たべて　たべて　おおきくなあれ
　　　　　　　　おおきくなあれ

キリンに なった

パパに　かたぐるま
ぐうんと　のっぽの　キリンに なった
ゆらり　ゆらり　あるく　あるく
風《かぜ》さん　やさしく　ないしょばなし

パパに　かたぐるま
ぐうんと　のっぽの　キリンに なった
ゆらり　ゆらり　みえる　みえる

おうちのやねより　うんとたかい
パパに　かたぐるま
ぐうんと　のっぽの　キリンに　なった
ゆらり　ゆらり　とどく　とどく
綿雲《わたぐも》　もくもく　なめてみたい

ジュージュー　めざし

ジュージュー　めざし
栄養満点《えいようまんてん》　いわしのめざし
焼《や》いてるにおいが　いいんだよ
食《た》べれば　足腰《あしこし》　強《つよ》くなる
小骨《こぼね》チクチク　痛《いた》くなきゃ
もっと　もっと　いいのにな

ジュージュー　めざし
鬼《おに》もこわがる　いわしのめざし
焼いてる煙《けむり》が　いいんだよ
食べれば　風邪《かぜ》だって　逃《に》げてゆく
こげた顔《かお》して　にらまなきゃ
もっと　もっと　いいのにな

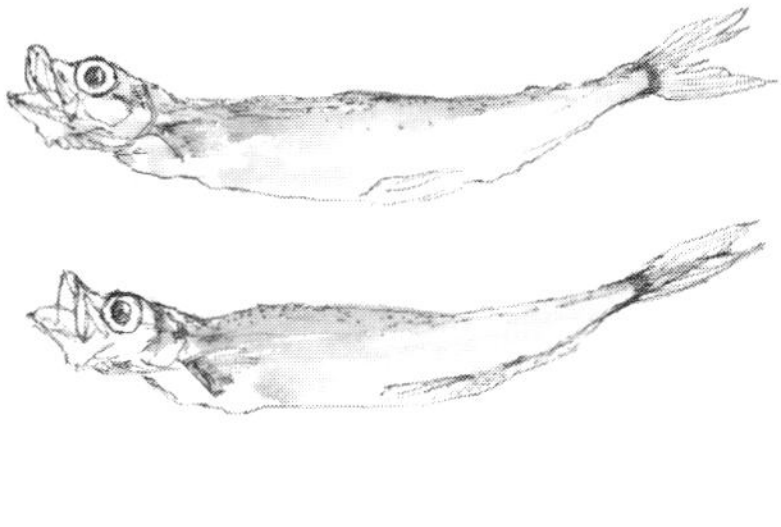

名前《なまえ》がいっぱい

私《わたし》って名前が　いっぱいあるの
ともちゃん　もこちゃん　とこちゃん
泣《な》き虫《むし》トッピー　って　お兄《にい》ちゃん
かわいいともこ　って　おじいちゃん
みんな　すてきな　名前でしょう

ぼくって名前が　いっぱいあるよ
アッ君《くん》　アー君　あき君

いたずらアッキー　って　お姉《ね》ちゃん
元気《げんき》なあきら　って　おばあちゃん
みんな　すてきな　名前でしょう

いとこ

おじいちゃんのこどもは　おとうさん
おとうさんのおにいさんは　おじさん
おじさんのこどもは　いとこ
いとこ　いとこ　いとこっていいな
おじいちゃんちで　遊《あそ》ぼうね
マジック上手《じょうず》な　お兄《にい》ちゃん
こんどは教《おし》えて　たねあかし

おばあちゃんのこどもは　おかあさん
おかあさんのいもうとは　おばさん
おばさんのこどもは　いとこ
いとこ　いとこ　いとこっていいな
おばあちゃんちで　会《あ》えるかな
生《うま》れたばかりの　おんなの子《こ》
おうたをうたって　あげたいな

第3章

おめでとう　元旦《がんたん》

昨日《きのう》の続《つづ》きの　朝《あさ》なのに
何《なに》もかも輝《かがや》く　元旦
いつもより　まぶしい太陽《たいよう》
透《す》き通《とお》った　空気《くうき》
希望《きぼう》あふれる
おめでとう　元旦

昨日の続きの　今日《きょう》なのに

何もかも初《はじ》まりの　元旦
新《あたら》しい目標《もくひょう》　スタート
頑張《がんば》るぞと　ファイト
明日《あす》を信《しん》じて
　おめでとう　元旦

昨日の続きの　今《いま》なのに
何もかも新鮮《しんせん》な　元旦
家族《かぞく》みんなで　おとそをかこみ
笑《わら》い声《ごえ》が　はずむ
笑顔《えがお》がうれしい
　おめでとう　元旦

雨《あめ》ふり　かさ立《た》て

雨ふり満員《まんいん》　かさ立てで
みんなのかさが　話《はな》してる
おこりんぼうの　かさは
やっぱりかさも　おこりんぼう
ななめに入《はい》って　プンプンプンプン
どうしてきついと　おこってる　プンプン

雨ふりびしょびしょ　かさ立てで

みんなのかさが　話してる
あわてんぼうの　かさは
やっぱりかさも　あわてんぼう
半分《はんぶん》はみでて　ポトポトポトポト
しずくが落《お》ちると　あわててる　ポトポト

雨ふり終《おわ》った　かさ立てで
残《のこ》ったかさが　話してる
忘《わす》れんぼうの　かさは
やっぱり今日《きょう》も　いっしょだね
しょんぼりさびしく　ルラルラルラルラ
おむかえくるのを　待《ま》っている　ルラルラ

だいじょうぶ？

私《わたし》の黄色《きいろ》い　セーターが
タンポポに　にてたのね
肩《かた》にとまって　ふるえてる
落《お》ちそうで　落ちない
フワフワわたげ
　だいじょうぶ？
私の黄色い　セーターで

タンポポの　夢《ゆめ》みてる
出発準備《しゅっぱつじゅんび》の　ひと休《やす》み
飛《と》びそうで　飛ばない
フワフワわたげ
　だいじょうぶ？

私の黄色い　セーターは
タンポポと　ちがうから
そおっとつまんで　放《はな》したら
青空《あおぞら》に　消《き》えて行《い》く
フワフワわたげ
　だいじょうぶ？

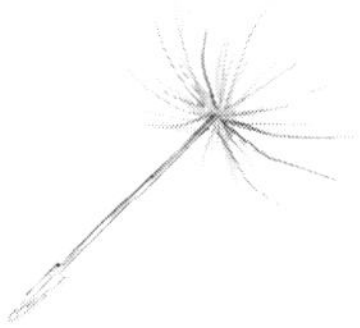
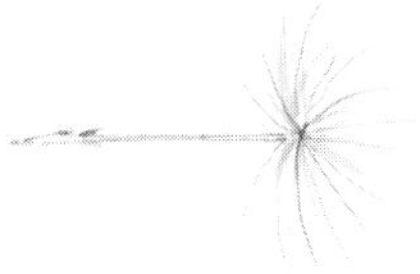

忘《わす》れんぼう

忘れないように　バッグに入《い》れて
バッグおいてくる　忘れんぼう
汚《よご》れたままの体《たい》そう着《ぎ》
だれもいない教室《きょうしつ》で
とりのこされて　ぽつんとひとつ
さびしいね　ごめんなさい

忘れないように　ノートに書《か》いて

ノート見《み》るのを　忘れんぼう
やっぱり今日《きょう》も忘れもの
いっしょに使《つか》うコンパスが
右《みぎ》に行《い》ったり　左《ひだり》にきたり
おとなりさん　ありがとう

忘れないように　注意《ちゅうい》をしても
何《なに》かひとつは　忘れんぼう
帰《かえ》りによって見たかった
紙《かみ》がはってあるおうち
おたまあげます　おたまじゃくし
あした行こう　忘れずに

けんかの心《こころ》

けんかって　わり算《ざん》の心
たいした理由《りゆう》も　ないくせに
おたがい　がんこに　なっちゃって
10わる3の　心だと
いつまでたっても　わりきれなくて
後《あと》までさみしさ　のこるもの

けんかって　わり算の心

悪口《わるくち》　言《い》い合《あ》い　はじまって
責任《せきにん》のがれに　なるけれど
10わる4の　心だと
なんとかかんとか　おさまりついて
そのうち笑顔《えがお》が　みえるもの

けんかって　わり算の心
おでこに　たんこぶ　できたって
あちこち　すりきず　痛《いた》くても
10わる5の　心だと
どちらも素直《すなお》に　ごめんね言《い》えて
前《まえ》より仲良《なかよ》く　なれるもの

すなの　ケーキ

だれがつくって　あそんだか
こどもがかえった　ゆうえんち
すなのケーキは　さむそうに
クリスマスを　まってます

かぜがいじわる　するたびに
キャンドルみたいな　あおきの実《み》
すなのケーキで　ゆれながら

クリスマスを　まってます
そらにいっぱい　おほしさま
オリオン　シリウス　カシオペア
すなのケーキは　そらみあげ
クリスマスを　まってます

パセリ

お子《こ》さまランチの　まんなかで
でてくる時《とき》には　いばっていても
すぐに　つままれて
おさらのはしに　よせられる
パセリ　パセリって
ちょっとかわいそう

ハンバーガーから　顔《かお》だして

さわやか緑《みどり》と　きどっていても
ちょいと　ひきぬかれ
ラップの中《なか》に　くるまれる
パセリ　パセリって
ちょっとかわいそう

トンカツライスの　横《よこ》っちょに
キャベツのかざりで　めだっていても
いつも　のこされて
あとはしおれて　すてられる
パセリ　パセリって
ちょっとかわいそう

カボチャ物語《ものがたり》

昔《むかし》　カボチャは　カンボジアの
王様《おうさま》一家《いっか》の　大好物《だいこうぶつ》
カボチャのパン　カボチャのスープ
カボチャの煮《に》つけに　カボチャの天《てん》ぷら
カボチャ　カボチャで　楽《たの》しいくらし

魔法《まほう》をかければ　馬車《ばしゃ》になり
頭《あたま》に載《の》せれば　冠《かんむり》に

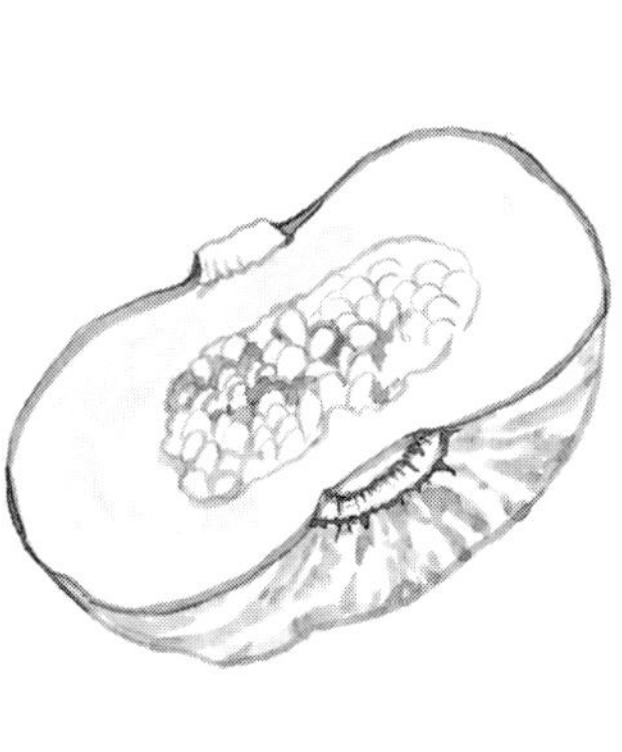

少《すこ》し頑固《がんこ》で　固《かた》いけど
中身《なかみ》は　太陽炎色《たいようほのおいろ》
煮れば　ホコホコ　甘《あま》くって
栄養満点《えいようまんてん》　夢《ゆめ》いっぱい

それで　カボチャは　カンボジアの
王様一家の　大好物
カボチャのパイ　カボチャのムース
カボチャのプリンに　カボチャのクッキー
カボチャ　カボチャで　明《あか》るいくらし

第4章

やあ　タンポポ

やぁ　タンポポ
今年《ことし》も会《あ》えたね　線路《せんろ》のわきで
電車《でんしゃ》のダッシュに　まけないで
日《ひ》だまり見《み》つけて　咲《さ》いてるね

タンポポ　タンポポ
タン　が　いいな　はずんでて
タン　タン　いいな　楽《たの》しくて

ポポ　も　いいね　もっといいね
ポ　ポ　って　明《あか》るくて
ポ　ポ　って　暖《あたた》かい
ポ　ポ　って　まあるい感《かん》じ
続《つづ》けて　タンポポ　可愛《かわい》いね

やぁ　タンポポ
今年も会えたね　線路のわきで
電車のリズムで　ゆれながら
お日さま見あげて　元気《げんき》だね

ポ　ポ　ポ　タンポポ

空《そら》の牧場《まきば》

どこでも　自由《じゆう》な
空の牧場は　いいな
羊《ひつじ》たちはいつも　のんびり散歩《さんぽ》
うたたねしている　おおかみ
鳥《とり》はうたい　明日《あした》を呼《よ》んでいる

自然《しぜん》に感謝《かんしゃ》して
おいしい空気《くうき》を　ごちそうさま

怒《おこ》ることも　叫《さけ》ぶことも
あせることも　泣《な》くことも
いじめも　ねたみもない

どこまでも　広《ひろ》くて
空の牧場は　いいな
綿菓子《わたがし》みたいな　ふわふわうさぎ
夕日《ゆうひ》にかがやく　ライオン
走《はし》る子馬《こうま》　みんな風色《かぜいろ》
　　いいな　いいな　空の牧場

種《たね》

種は　待《ま》っているんだね
こんな小《ちい》さな　ひと粒《つぶ》の中《なか》で
双葉《ふたば》も　茎《くき》も　根《ね》っこも
みんなちぢめた　ひと粒で
じっと　じっと　待っているんだね

いくつもの　夜《よる》をこえ
いくつもの　朝《あさ》を迎《むか》えて
水《みず》の音《おと》が聞《き》こえて

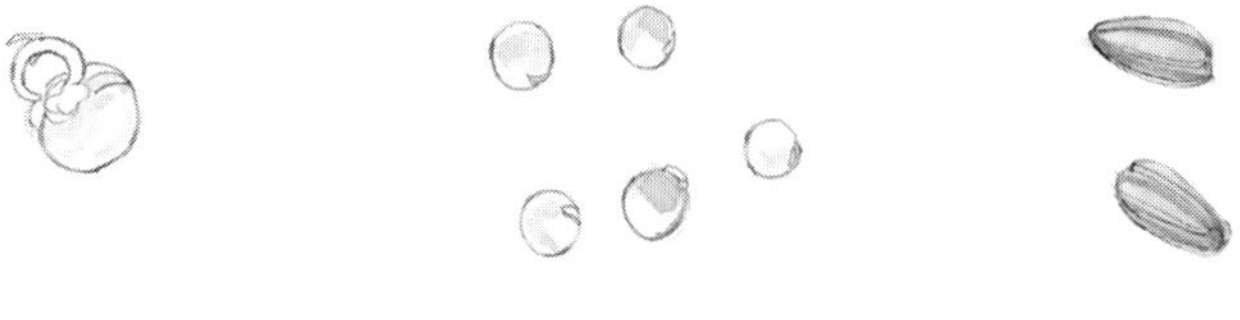

風《かぜ》の音が聞こえて
土《つち》の匂《にお》いがしてきたら
さあ　めざめのとき
緑《みどり》にひろげる翼《つばさ》
高《たか》く　高く　空《そら》をめざす
大地《だいち》をつかむ根っこ
のびる　のびる　のびる

種は　待っているんだね
季節《きせつ》がくるのを　ひと粒の中で
耳《みみ》をすまして　考《かんが》えて
じっと　じっと　待っているんだね

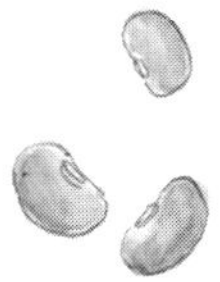
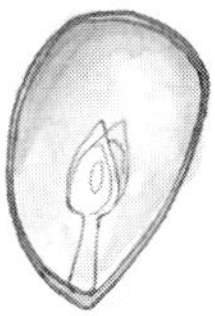

緑《みどり》のなかで

さえずる小鳥《ことり》　ささやく小枝《こえだ》
やわらかい　緑のなかで
きらきら木《こ》もれび　背《せ》なかに染《そ》めて
いま　鹿《しか》の赤《あか》ちゃんが　立《た》つところ
風《かぜ》さん　ちょっと　待《ま》って
ふるえる　ふるえる　足《あし》見《み》てて

せせらぎの歌《うた》　蝶々《ちょうちょう》の羽音《はおと》
やわらかい　緑のなかで
不安《ふあん》と期待《きたい》を　背なかに集《あつ》め
いま　鹿の赤ちゃんが　立つところ
風さん　そっと　吹《ふ》いて
もうすぐ　もうすぐ　あるくから

風《かぜ》になる

きみも　きみも　きみだって
おでこがキラキラ　ひかってる
セーターなんか　ぬいじゃって
青《あお》い空《そら》へ　ジャンプ
体《からだ》も　心《こころ》も　風になるよ

そこいらじゅうが　若草色《わかくさいろ》で
生《うま》れたばかりの　ちょうちょうも

出《で》てきたばかりの　かえるも
らっかさんになった　たんぽぽも
ほら　ジャンプして　風になる

きみも　きみも　きみだって
おへそがちょっぴり　かおだした
くつしたなんかも　ぬいじゃって
白《しろ》い雲《くも》に　ジャンプ
体も　心も　風になるよ

21世紀《せいき》に（夢《ゆめ》をつなげよう）

発明王《はつめいおう》のエジソンも
空飛《そらと》ぶライト兄弟《きょうだい》も
子《こ》どもの時《とき》は　ぼくらとおなじ
いたずらしたと　しかられて
おかしい子と　いじめられ
登校拒否《とうこうきょひ》も　あったって
だけど夢《ゆめ》は　放《はな》さなかった
世界《せかい》の暮《くら》しを　変《か》えた夢

さあ　夢を　get《ゲット》　get
21世紀は　ぼくらのもの
夢をつなげよう　エジソンから
夢を育《そだ》てよう　21世紀に

昆虫記《こんちゅうき》のファーブルも
科学者《かがくしゃ》キュリー夫人《ふじん》も
子どもの時は　貧《まず》しい暮し
読《よ》みたい本《ほん》が　買《か》えなくて
アルバイトに　あけくれて
おなかはいつも　すいていた

だけど夢は　いっぱいだった
未知《みち》の扉《とびら》を　開《ひら》く夢

さあ　夢を　get　get
21世紀は　ぼくらのもの
夢をひろげよう　ファーブルから
夢を咲《さ》かせよう　21世紀に

☆get《ゲット》……つかむ

おじいちゃんは　コンピューター

おじいちゃんは　コンピューター
頭《あたま》の中《なか》には　メモリーがいっぱい
インストールや　ダウンロードも
笑顔《えがお》で　ピコピコ　タトタト　タタタタ
電源《でんげん》もマウスも　いらない
いつも笑顔の　コンピューター

春《はる》はお花見《はなみ》　桜前線《さくらぜんせん》
夏《なつ》はお祭《まつ》り　海《うみ》びらき

秋《あき》は北《きた》から　もみじの便《たよ》り
冬《ふゆ》はスキーの　雪情報《ゆきじょうほう》
漢字《かんじ》　ことわざ　世界地図《せかいちず》
何《なん》でも聞《き》けば　答《こた》えてくれる
いつも優《やさ》しい　コンピューター

おじいちゃんは　コンピューター
頭の中には　メモリーがいっぱい
セットアップや　ハングアップも
楽《たの》しく　ピコピコ　タトタト　タタタタ
元気《げんき》な握手《あくしゅ》が　パスワード
いつも楽しい　コンピューター

約束《やくそく》しよう

振《ふ》り返《かえ》れば　心《こころ》のアルバムに
いくつもの歌声《うたごえ》　響《ひび》きあう
涙《なみだ》があふれた時《とき》も
不安《ふあん》な日々《ひび》も　あったけど
今《いま》　旅立《たびだ》つ　歓《よろこ》びの時
一人《ひとり》一人のひとみが　輝《かがや》いてる
いつまでも忘《わす》れない　その笑顔《えがお》
約束しよう　きっと　また会《あ》える日を

思《おも》いだせば　心のアルバムに
いくつもの場面《ばめん》が　よみがえる
素直《すなお》になれない時も
悩《なや》んだ日々も　あったけど
今　旅立つ　歓びの時
力合《ちからあ》わせたあの日の　みんなの汗《あせ》
いつまでも忘れない　あの笑顔
約束しよう　きっと　また会える日を

いつまでも忘れない
その笑顔　あの笑顔
約束しよう　きっと　また会える日を
約束しよう

第5章

世界中《せかいじゅう》のキッチンで

世界中の　キッチンで
変身上手《へんしんじょうず》の　人気者《にんきもの》
呼《よ》び名《な》はそれぞれ　違《ちが》ってて
じゃがいも　ガムジャ　パタータ
ポテト　クンタン　土豆《トウドウ》
世界中の　食卓《しょくたく》に
おいしく変身　並《なら》んでる
いろんな味《あじ》で　並んでる

我《わ》が家《や》の　キッチンで
コロッケ　サラダ　グラタン　カレー
ママの料理《りょうり》で　おしゃれに変身
おばあちゃんは　肉《にく》じゃが料理
おふくろの味が　一番《いちばん》と
ほっくり　やさしい　和風味《わふうあじ》

世界中のキッチンで
素朴《そぼく》でまじめな　人気者
呼び名はそれぞれ　違ってて
じゃがいも　ガムジャ　パタータ

ポテト　クンタン　土豆
世界中の　食卓に
みんなの笑顔《えがお》を　集《あつ》めてる
みんなの笑顔を　集めてる

☆ガムジャ（韓国《かんこく》）　パタータ（イタリア、スペイン）
クンタン（インドネシア）　土豆（中国《ちゅうごく》）

おばあちゃんちの　ちゃぶ台《だい》

ひいばあちゃんも　使《つか》ってた
たたんでしまっておける
おばあちゃんちの　ちゃぶ台
今《いま》でも　時々《ときどき》
パタタン　キユウッ
歌《うた》いながら　出《で》てくるよ

パパの生《うま》れる　前《まえ》から
朝《あさ》　昼《ひる》　晩《ばん》　毎日《まいにち》
おふくろの味《あじ》　たくさんのせて
パタタン　キュウッ　いただきます
ごちそうさま　キュウッ　パタタン
だから　何《なん》でも知《し》っている
おじいちゃんの　たばこで焦《こ》げて
鉛筆削《えんぴつけず》った　パパのきず
アイロンがけする　ママ
妹《いもう》は　ステージに
思《おも》い出《で》　のせてる　しみている

おばあちゃんちの　ちゃぶ台
まだまだ　元気《げんき》で
パタタン　キュウッ
歌いながら　出てくるよ

ホットケーキ

フライパンから　お皿《さら》に　ホッ
重《かさ》ねて　ホッ　ホッ　ホットケーキ
ジュワッとすべって　バターが逃《に》げて
トローリもぐって　はちみつ消《き》えた
ホッ　ホッ　いいにおい
ホッ　ホッ　ホットケーキ

ひと口《くち》食《た》べたら　ホッ　ホッ
れんげ畑《ばたけ》の風《かぜ》が

口いっぱいに広《ひろ》がった
聞《き》こえてくるのは
みつばちのハミング
にわとりのおしゃべり
そして　のんびりカウベルの歌《うた》
みつけたね　ホッ　ホッ

ごちそうさまで　お皿は　ホッ
こんどは　お腹《なか》で　ホットケーキ
れんげ畑を　見《み》ているのかな
楽《たの》しい歌も　聞いてるのかな
ホッ　ホッ　大好《だいす》きな
ホッ　ホッ　ホットケーキ

昔《むかし》 はじめに食《た》べた人《ひと》

甘《あま》から味《あじ》の　ピリ辛《から》
歯《は》ごたえ香《かお》り　おとなの気分《きぶん》
今《いま》はおいしい　キンピラごぼう
はじめてごぼうと　出会《であ》った時《とき》は
苦手《にがて》なかたい　根菜《こんさい》でした
　昔《むかし》　昔　遠《とお》い昔
ごぼうをはじめに食べた人
そのままかじってみたのかな
勇気満満《ゆうきまんまん》　度胸満点《どきょうまんてん》
はらぺこ冒険家《ぼうけんか》に感謝《かんしゃ》

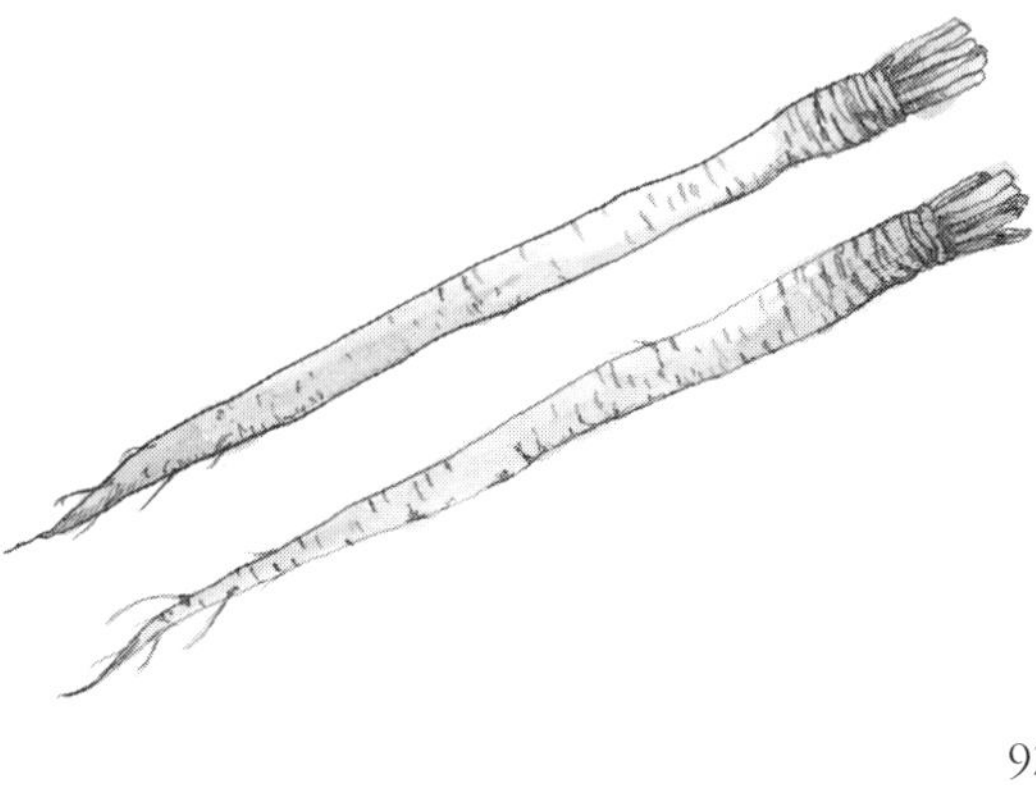

食《く》いしんぼうの冒険家に乾杯《かんぱい》

大《おお》きなはさみ　ふりあげ
甲羅《こうら》も足《あし》も　トゲトゲ痛《いた》い
今はなにより　大好《だいす》きなかに
はじめてかにと　出会った時は
見《み》るのも怖《こわ》い　怪獣《かいじゅう》でした

昔　昔　遠い昔
かにをはじめに食べた人
すこしも迷《まよ》わず食べたかな
勇気満満　度胸満点
はらぺこ冒険家に感謝
食いしんぼうの冒険家に乾杯

ひまわり伝説《ものがたり》

太陽《たいよう》の神《かみ》　アポロンは
熱《ねつ》と光《ひかり》の馬車《ばしゃ》に　乗《の》り
大地《だいち》に　いのちを　はぐくむ

目《め》まいするほどの　日《ひ》ざしで
万物《ばんぶつ》のいのちを　もえたたせ
大《おお》きな愛《あい》と　みなぎる力《ちから》で
灼熱《しゃくねつ》の夏《なつ》を　仕上《しあ》げる

まばゆい　光
波《なみ》うつ　大地
きらめく　水《みず》
ざわめく　木立《こだち》

アポロンの　力と愛にあこがれ
金色《きんいろ》の花《はな》びらをふるわせて　咲《さ》く
あつい　あつい　想《おも》い
あざやかに咲く　ひまわり

太陽の神　アポロンは

熱と光の馬車に　乗り
大地に　いのちを　はぐくむ

はるかな想いを　秘《ひ》め
ひそやかな願《ねが》いを　こめ
いのちのかぎりを　咲きつくす
もえる　もえる　ひまわり

ああ　灼熱の夏
もえる　ひまわり
あつい花の　伝説《ものがたり》

雨《あめ》の子守歌《こもりうた》

すみれ色《いろ》した　絹糸《きぬいと》の雨は
生《う》まれるものを　やさしく包《つつ》む
いのち育《はぐく》む　調《しら》べ
麦《むぎ》の穂《ほ》で　背《せ》のびする
小《ちい》さな虫達《むしたち》に　うたう
あまいしずくの　子守歌

萌《も》えたつ若葉《わかば》　やすらぎの雨は
息《いき》づくものを　両手《りょうて》で包む
季節《きせつ》ささやく　調べ
いつの間《ま》に　まろやかな
緑《みどり》の梅《うめ》の実《み》を　結《むす》ぶ
あまいしずくの　子守歌

はこべ

気紛《きまぐ》れな北風《きたかぜ》が　もう一度《いちど》
戻《もど》ってきそうな　道《みち》ばたに
際立《きわだ》つ若緑《わかみどり》の　はこべ
すがすがしい緑
健気《けなげ》に咲《さ》いた　ちいさな花達《はなたち》は
できたての春《はる》風に
白《しろ》い漣《さざなみ》を　たてています

踏《ふ》まれる事《こと》を　承知《しょうち》して
摘《つ》まれる事を　承知して
花《か》びんに飾《かざ》られる　事もなく
香《かお》りをほめられる　事もなく
綿毛《わたげ》で飛《と》んで行《い》く　夢《ゆめ》もなく

緑に柔《やわ》らかく包《つつ》まれた　ちいさな花達は
越《こ》えてきた幾度《いくたび》の季節《きせつ》を　追想《ついそう》しながら
白い漣を　たてているのでしょうか

母《はは》なる惑星《わくせい》

世界《せかい》を彩《いろど》る　季節《きせつ》のうねり
母なる惑星　私《わたし》の星《ほし》
数《かぞ》えきれない歓《よろこ》びと
数えきれない悲《かな》しみと
大地《だいち》に芽吹《めぶ》き　大海《たいかい》にたたえ
まわれ　熱《あつ》く
銀河《ぎんが》の海《うみ》に
まわれ　まわれ　まわれ
一粒《ひとつぶ》の　私を連《つ》れて

大気《たいき》を奏《かな》でる　季節の調《しら》べ
母なる惑星　私の星
数えきれないあこがれと
大地に根《ね》づき　大海に鎮《しず》め
まわれ　熱く
銀河の海に
まわれ　まわれ　まわれ
一粒の　私を連れて

あとがき

『五月の風』を出版してから、二十余年の年月が経ってしまいました。その間に、いろいろなことがありました。たくさんの出会いがあり、たくさんの別れがありました。

「ろばの会」二十周年記念の童謡詩公募の際、幸運にも作曲して下さいました、中田喜直先生、その後も何かとお声をかけてくださり校歌や園歌などもご一緒させていただきました。中田喜直先生とのご縁がなかったら今日の私はなかったでしょう。心から敬愛する憧れの先生は天国に行かれました。

「おてだま誌」主宰の結城ふじを先生も、大先輩の鶴岡千代子さんも、そして、「次の詩集の表紙も自分の絵で」と心待ちしていた父も三年前に亡くなりました。寂しく哀しいことでございます。

あらためて二十年は長すぎましたと、怠け者を反省しております。
この度、銀の鈴社の皆様のおかげでやっとこの『空の牧場』が生まれました。
ひとりでも多くの方々にお読みいただけましたら、うれしく存じます。
可愛いカットを描いてくださった、菊池治子さん　ありがとうございました。

平成十九年夏

佐藤　雅子

作品名	初出書誌名	発表年	版元名簿	作曲者
第1章				
あのじ	ぼくの団地はクリスマスツリー	1988	音楽之友社	甲賀　一宏
ぷうした　たねは	〃	〃	〃	〃
かぜさん　かぜさん	こどものうた'03	2003	日本童謡協会	〃
ききょう	こどものうた'96	1996	〃	中村　守孝
あなたは　だあれ	ぼくの団地はクリスマスツリー	1988	音楽之友社	甲賀　一宏
子どもだって	〃	〃	〃	〃
ぞうきんさん	こどものうた'07	2007	日本童謡協会	白川　雅樹
サンタクロース　見たいんだ	ぼくの団地のクリスマスツリー	1989	音楽之友社	甲賀　一宏
春はくるくる	こどものうた'94	1994	日本童謡協会	大西　　進
第2章				
うさぎさん	こどものうた'02	2002	日本童謡協会	上　　明子
キリンのかあさん	NHK こどものうた22	1992	日本放送協会	渋谷　　毅
ぞうさんのこもりうた	NHK こどものうた21	1991	〃	石川　大明
モグ モグ かいじゅう	こどものうた'00	2000	日本童謡協会	佐藤　亘弘
キリン に なった	'99 新しい童謡集	1999	〃	湯山　　昭
ジュージュー　めざし	(初出)	2007		
名前がいっぱい	こどものうた'98	1998	〃	中村　守孝
いとこ	こどものうた'04	2004	〃	佐々木信綱
第3章				
おめでとう　元旦	児童文芸 2005年12月号 2006年1月号	2006	日本児童文芸家協会	
雨ふり　かさ立て	こどものうた'93	1993	日本童謡協会	大西　　進
だいじょうぶ?	こどものうた'06	2006	日本童謡協会	中村　守孝
忘れんぼう	こどものうた'01	2001	日本童謡協会	三平　典子

作品名	初出書誌名	発表年	版元名簿	作曲者
けんかの心	こどものうた'88	1988	日本童謡協会	上　明子
すなの　ケーキ	ぼくの団地はクリスマスツリー	〃	音楽之友社	甲賀　一宏
パセリ	こどものうた'89	1989	日本童謡協会	すずきしげお
カボチャ物語	こどものうた'90	1990	〃	〃
第4章				
やぁ　タンポポ	'99こどものコーラス展	1999	日本童謡協会	中村　守孝
空の牧場	'96こどものコーラス展	1996	〃	〃
種	雨の子守歌	2001	音楽之友社	〃
緑のなかで	2001こどものコーラス展	〃	日本童謡協会	〃
風になる	2003こどものコーラス展	2003	〃	甲賀　一宏
21世紀に（夢をつなげよう）	雨の子守歌	2001	音楽之友社	中村　守孝
おじいちゃんはコンピューター	2007こどものコーラス展	2007	日本童謡協会	辻本　健市
約束しよう	東書教育シリーズ	2005	東京書籍	上　明子
第5章				
世界中のキッチンで	2004こどものコーラス展	2004	日本童謡協会	上　明子
おばあちゃんちのちゃぶ台	2006こどものコーラス展	2006	〃	〃
ホットケーキ	2002こどものコーラス展	2002	〃	〃
昔　はじめに食べた人	2005こどものコーラス展	2005	〃	〃
ひまわり伝説	同声合唱曲集「ひまわり伝説」	1992	教育芸術社	飯沼　信義
雨の子守歌	雨の子守歌	2001	音楽之友社	中村　守孝
はこべ	〃	〃	〃	〃
母なる惑星	新しい歌唱教材集「白いライオン」	1995	教育芸術社	石桁　冬樹

著者　佐藤雅子（さとう　まさこ）

1942年茨城県生まれ。

1988年童謡曲集「ぼくの団地はクリスマスツリー」（音楽之友社）が第19回日本童謡賞及び天神童賞受賞。

1989年よりNHKこども番組のテーマ曲や挿入歌の作詩担当。

童謡詩集「五月の風」（銀の鈴社）、合唱曲集「雨の子守歌」（音楽之友社）がある。

現在、㈳日本童謡協会常任理事、㈳日本児童文芸家協会評議員、㈳日本ペンクラブ会員、㈶板橋区文化・国際交流財団理事

さし絵・菊池治子（きくち　はるこ）
1954年４月４日生まれ。
東京都出身。女子美術大学芸術学部日本画科卒業。
日展会員、日展審査員。

表紙・佐藤太清（さとう　たいせい）
草原の旅（マヤ遺跡を探ねて）　第14回日展
1913年～2004年。
1980年　日本芸術院会員
1987年　文化功労者に列せられる
1992年　文化勲章受章
京都府福知山市に佐藤太清記念美術館がある。
http://fukuchiyama-artmuseum.jp

NDC911
神奈川　銀の鈴社　2009
115頁 21cm（空の牧場）

ジュニアポエム　シリーズ　184
2007年8月9日初版発行
2009年12月1日再版
本体1,200円＋税

空の牧場

著　者　佐藤雅子©　菊池治子 さし絵©　佐藤太清 表紙絵©
シリーズ企画　㈱教育出版センター
発行者　西野真由美
編集発行　㈱銀の鈴社 TEL 0467-61-1930　FAX 0467-61-1931
〒248-0005　神奈川県鎌倉市雪ノ下3-8-33
http://www.ginsuzu.com
E-mail info@ginsuzu.com

ISBN978−4−87786−184−1 C8092
落丁・乱丁本はお取り替え致します
印　刷　電算印刷
製　本　渋谷文泉閣

…ジュニアポエムシリーズ…

1 鈴木敏史詩集 宮下琢郎・絵 星の美しい村 ★☆
2 小池知子詩集 高志孝子・絵 おにわいっぱいぼくのなまえ ★☆
3 鶴岡千代子詩集 武田淑子・絵 白い虹 児文芸新人賞
4 楠木しげお詩集 久保雅勇・絵 カワウソの帽子
5 津坂治男詩集 垣内美穂・絵 大きくなったら ★
6 後藤れい子詩集 山本まつ子・絵 あくたれぼうずのかぞえうた
7 北村蔦子詩集 柿本幸造・絵 あかちんらくがき
8 吉田瑞穂詩集 吉田翠・絵 しおまねきと少年 ◇⃞★◎
9 新川和江詩集 葉祥明・絵 野のまつり ★☆
10 阪田寛夫詩集 織茂恭子・絵 夕方のにおい ◆⃞★☆○
11 高田敏子詩集 若山憲・絵 枯れ葉と星 ★☆
12 原田直友詩集 吉田翠・絵 スイッチョの歌 ★◎
13 小林純一詩集 久保雅勇・絵 茂作じいさん ◉★☆●◎
14 谷川俊太郎詩集 長新太・絵 地球へのピクニック ★◎
15 与田準一詩集 深沢省三・深沢紅子・絵 ゆめみることば ★

16 岸田衿子詩集 中谷千代子・絵 だれもいそがない村
17 江間章子詩集 榊原直美・絵 水と風 ◇◎
18 原田直友詩集 小野まり・絵 虹―村の風景― ★
19 福田正夫詩集 福田達夫・絵 星の輝く海 ★☆
20 草野心平詩集 長野ヒデ子・絵 げんげと蛙 ★☆○◇
21 宮田滋子詩集 青木まさる・絵 手紙のおうち ☆○
22 久保田昭三詩集 斎藤彬子・絵 のはらでさきたい
23 鶴岡千代子詩集 加倉井和夫・武田淑子・絵 白いクジャク ★●
24 尾上尚子詩集 まど・みちお・絵 そらいろのビー玉 児文協新人賞 ★☆
25 水上紅詩集 深沢紅子・絵 私のすばる ☆
26 野呂昶詩集 福島一二三・絵 おとのかだん ★
27 こやま峰子詩集 武田淑子・絵 さんかくじょうぎ ☆
28 青戸かいち詩集 駒宮録郎・絵 ぞうの子だって
29 まきたかし詩集 福田達夫・絵 いつか君の花咲くとき ★☆♡
30 薩摩忠詩集 駒宮録郎・絵 まっかな秋 ★☆♡

31 新川和江詩集 福島一二三・絵 ヤァ!ヤナギの木 ★☆○♡
32 井上靖詩集 駒宮録郎・絵 シリア沙漠の少年 ★☆♡
33 古村徹三 詩・絵 笑いの神さま
34 江上波夫詩集 青空風太郎・絵 ミスター人類 ○☆
35 秋原秀夫詩集 鈴木義治・絵 風の記憶 ★◎
36 水村三千夫詩集 武田淑子・絵 鳩を飛ばす
37 久冨純江詩集 渡辺安芸夫・絵 風車 クッキングポエム
38 日野生三詩集 吉野晃希男・絵 雲のスフィンクス ★
39 佐藤雅子詩集 佐藤太清・広瀬きよみ・絵 五月の風 ★
40 小黒恵子詩集 武田淑子・絵 モンキーパズル ★
41 木村信子詩集 山本典子・絵 でていった
42 中野栄子詩集 吉田翠・絵 風のうた ☆
43 宮田滋子詩集 牧村慶子・絵 絵をかく夕日 ★
44 大久保ティ子詩集 渡辺安芸夫・絵 はたけの詩 ★☆
45 秋原秀夫詩集 赤星亮衛・絵 ちいさなともだち ♥

☆日本図書館協会選定
★全国学校図書館協議会選定
□少年詩賞 ■茨城県すいせん図書
○厚生省中央児童福祉審議会すいせん図書
●日本童謡賞 ♧岡山県選定図書
♡日本子どもの本研究会選定
♥秋田県選定図書
♣愛媛県教育会すいせん図書
◇岩手県選定図書
◆京都府選定図書
◇⃞芸術選奨文部大臣賞
◉赤い鳥文学賞 ◆⃞赤い靴賞

…ジュニアポエムシリーズ…

46 日友靖子詩集 藤城清治・安西明美・絵 猫曜日だから ◆☆
47 秋葉てる代詩集 武田淑子・絵 ハープムーンの夜に ♡
48 こやま峰子詩集 山本省三・絵 はじめのいーっぽ ★♡
49 黒柳啓子詩集 金子滋・絵 砂かけ狐 ♡
50 三枝ますみ詩集 武田淑子・絵 ピカソの絵 ☆♡●
51 夢虹二詩集 武田淑子・絵 とんぼの中にぼくがいる ♡○♥
52 はたちよしこ詩集 まど・みちお・絵 レモンの車輪 □♧
53 大岡信詩集 葉祥明・絵 朝の頌歌 ★☆♡♥◎
54 吉田瑞穂詩集 吉田翠・絵 オホーツク海の月 ★☆♡
55 さとう恭子詩集 村上保・絵 銀のしぶき ★☆♡
56 星乃ミミナ詩集 葉祥明・絵 星空の旅人 ★☆♡
57 葉祥明 詩・絵 ありがとう そよ風 ★♡▲
58 青戸かいち詩集 初山滋・絵 双葉と風
59 小野ルミ詩集 和田誠・絵 ゆきふるるん ★☆●♡
60 なぐもはるき 詩・絵 たったひとりの読者 ★♡♧

61 小関秀夫詩集 小倉玲子・絵 風栞《かざしおり》 ★♡♥
62 海沼松世詩集 守下さおり・絵 かげろうのなか ☆♡
63 山本龍生詩集 小倉玲子・絵 春行き一番列車 ♡
64 小泉周二詩集 深沢省三・絵 こもりうた ★☆♡
65 かわてせいぞう詩集 若山憲・絵 野原のなかで ♡★♥
66 えぐちまき詩集 赤星亮衛・絵 ぞうのかばん ♡◆♥
67 池田あきつ詩集 小倉玲子・絵 天気雨 ♡
68 藤井則行詩集 君島美知子・絵 友へ ♡♤
69 藤哲生詩集 武田淑子・絵 秋いっぱい ★♠
70 日友靖子詩集 深沢紅子・絵 花天使を見ましたか ★
71 吉田瑞穂詩集 吉田翠・絵 はるおのかきの木 ★
72 小島禄琅詩集 中村陽子・絵 海を越えた蝶 ☆★♥♡
73 にしおまさこ詩集 杉田幸子・絵 あひるの子 ★
74 山下竹二詩集 徳田徳志芸・絵 レモンの木 ★
75 高崎乃理子詩集 奥山英俊・絵 おかあさんの庭 ★♡

76 檜きみこ詩集 広瀬弦・絵 しっぽいっぽん ★●□☆♡
77 たかはしけいこ詩集 高田三郎・絵 おかあさんのにおい ♡♣□
78 星乃ミミナ詩集 深澤邦朗・絵 花かんむり ♥☆♡
79 佐藤照雄詩集 津波信久・絵 沖縄 風と少年 ☆♡★
80 相馬梅子詩集 やなせたかし・絵 真珠のように ♥★
81 小島禄琅詩集 深沢紅子・絵 地球がすきだ ★
82 鈴木美智子詩集 黒澤梧郎・絵 龍のとぶ村 ◇★♥
83 いがらしれいこ詩集 高田三郎・絵 小さなてのひら ☆
84 宮入黎子詩集 小倉玲子・絵 春のトランペット ☆★
85 下田喜久美詩集 方振寧・絵 ルビーの空気をすいました ☆
86 野呂昶詩集 方振寧・絵 銀の矢ふれふれ ★
87 ちよはらまちこ詩集 ちよはらまちこ・絵 パリパリサラダ ★
88 秋原秀夫詩集 徳田徳志芸・絵 地球のうた ☆★
89 中島あやこ詩集 井上緑・絵 もうひとつの部屋 ★
90 藤川こうのすけ詩集 葉祥明・絵 こころインデックス ☆

✲サトウハチロー賞　✣毎日童謡賞
☼三木露風賞
♤福井県すいせん図書
▲神奈川県児童福祉審議会推薦優良図書
♠奈良県教育研究会すいせん図書
❖北海道選定図書　☘三越左千夫少年詩賞
⟐静岡県すいせん図書
◎学校図書館ブッククラブ選定図書

…ジュニアポエムシリーズ…

91 新井 和・詩 高田 三郎・絵集 おばあちゃんの手紙 ☆★
92 はなわたえこ・詩 えばとかつこ・絵集 みずたまりのへんじ ★●
93 柏木 恵美子・詩 武田 淑子・絵集 花のなかの先生 ☆
94 中原 千津子・詩 寺内 直美・絵集 鳩への手紙 ★
95 高瀬 美代子・詩 小倉 玲子・絵集 仲なおり ★
96 杉本 深由起・詩 若山 憲・絵集 トマトのきぶん ☆★◎ 児文芸新人賞
97 宍倉 さとし・詩 守下 さおり・絵集 海は青いとはかぎらない ♧
98 石井 英行・詩 有賀 忍・絵集 おじいちゃんの友だち ■
99 なかのひろ・詩 アサト・シェラ・絵集 とうさんのラブレター ☆★
100 小松 静江・詩 藤川 秀之・絵集 古自転車のバットマン
101 石原 一輝・詩 加藤 真夢・絵集 空になりたい ☆✥★
102 小泉 周二・詩 西 真里子・絵集 誕生日の朝 ☆■★
103 くすのきしげのり童謡 わたなべあきお・絵 いちにのさんかんび ☆★
104 成本 和子・詩 小倉 玲子・絵集 生まれておいで ☆★✥♡♧
105 伊藤 政弘・詩 小倉 玲子・絵集 心のかたちをした化石 ★
106 川崎 洋子・詩 井戸 妙子・絵集 ハンカチの木 □★☆
107 柘植 愛子・詩 油野 誠一・絵集 はずかしがりやのコジュケイ ✥
108 新谷 智恵子・詩 葉 祥明・絵集 風をください ☆◈○●♡✣
109 金親 尚子・詩 牧 進・絵集 あたたかな大地 ☆
110 黒柳 啓子・詩 吉田 翠・絵集 父ちゃんの足音 ☆★♡□
111 富田 栄子・詩 油野 誠一・絵集 にんじん笛 ♡☆
112 原 国子・詩 高畠 純・絵集 ゆうべのうちに ☆
113 宇部 京子・詩 スズキコージ・絵集 よいお天気の日に ○□●☆◇★
114 武鹿 悦子・詩 牧野 鈴子・絵集 お花見 ☆□
115 山本 なおこ・詩 梅田 俊作・絵集 さりさりと雪の降る日 ☆★
116 小林 比呂古・詩 おおた 慶文・絵集 ねこのみち ☆
117 後藤 れい子・詩 渡辺 あきお・絵集 どろんこアイスクリーム ☆
118 重清 良吉・詩 高田 三郎・絵集 草の上 ☆□❀◆★
119 宮中 雲子・詩 西 真里子・絵集 どんな音がするでしょか ✼★
120 前山 敬子・詩 若山 憲・絵集 のんびりくらげ ☆★
121 川端 律子・詩 若山 憲・絵集 地球の星の上で ♡
122 たかはしけいこ・詩 織茂 恭子・絵集 とうちゃん ♡❀♣★
123 宮田 滋子・詩 深澤 邦朗・絵集 星の家族 ☆●
124 国沢 たまき・詩 唐沢 静・絵集 新しい空がある
125 池田 あきつ・詩 小倉 玲子・絵集 かえるの国 ★
126 黒田 恵子・詩 倉島 千賀子・絵集 ボクのすきなおばあちゃん ☆★♡
127 垣内 磯子・詩 宮崎 照代・絵集 よなかのしまうまバス ☆♡★
128 小泉 周二・詩 佐藤 平八・絵集 太陽へ ❀★●☆♡
129 中島 和子・詩 秋里 信子・絵集 青い地球としゃぼんだま ☆★
130 のろさかん・詩 福島 一二三・絵集 天のたて琴 ☆
131 加藤 丈夫・詩 葉 祥明・絵集 ただ今 受信中 ☆★
132 北原 悠子・詩 深沢 紅子・絵集 あなたがいるから ♡
133 池田 もと子・詩 小倉 玲子・絵集 おんぷになって ♡
134 鈴木 初江・詩 吉田 翠・絵集 はねだしの百合 ★
135 垣内 磯子・詩 今井 俊・絵集 かなしいときには ★

△長野県教育委員会すいせん図書　✡㈶日本動物愛護協会推薦図書
■茨城県推奨図書

…ジュニアポエムシリーズ…

136 秋葉てる代詩集　やなせたかし・絵　おかしのすきな魔法使い　✿●★
137 青戸かいち詩集　永田萠・絵　小さなさようなら　✿★
138 柏木恵美子詩集　高田三郎・絵　雨のシロホン　♡★
139 藤井則行詩集　阿見みどり・絵　春だから　♡★◎
140 黒田勲子詩集　山中冬二・絵　いのちのみちを
141 南郷芳明詩集　的場豊子・絵　花時計
142 やなせたかし詩・絵　生きているってふしぎだな
143 内田麟太郎詩集　斎藤隆夫・絵　うみがわらっている
144 しまざきふみ詩集　島崎奈緒・絵　こねこのゆめ　♡
145 糸永えつこ詩集　武井武雄・絵　ふしぎの部屋から　♡
146 石坂きみこ詩集　鈴木英二・絵　風の中へ　♡
147 坂本のこ詩集　坂本こう・絵　ぼくの居場所　♡
148 島村木綿子詩・絵　森のたまご　✿
149 楠木しげお詩集　わたせせいぞう・絵　まみちゃんのネコ　★
150 牛尾良子詩集　上矢津・絵　おかあさんの気持ち　♡
151 三越左千夫詩集　阿見みどり・絵　せかいでいちばん大きなかがみ　★
152 水村三千夫詩集　高見八重子・絵　月と子ねずみ
153 川越文子詩集　横松桃子・絵　ぼくの一歩ふしぎだね　★
154 すずきゆかり詩集　葉祥明・絵　まっすぐ空へ
155 西田純詩集　葉祥明・絵　木の声水の声
156 清野倭文子詩集　水科舞・絵　ちいさな秘《ひ》密《みつ》
157 川奈静詩集　直江みちる・絵　浜ひるがおはパラボラアンテナ　★◎
158 若木良水詩集　西真里子・絵　光と風の中で
159 牧陽子詩集　渡辺あきお・絵　ねこの詩　★◎
160 宮田滋子詩集　阿見みどり・絵　愛一輪　★◎
161 井上灯美子詩集　唐沢静・絵　ことばのくさり　☆●
162 滝波万理子詩集　滝波裕子・絵　みんな王《おう》様《さま》　★●
163 冨岡みち詩集　関口コオ・絵　かぞえられへんせんぞさん　★
164 垣内磯子詩集　辻恵子・切り絵　緑色のライオン　★◎
165 すぎもとれいこ詩集　平井辰夫・絵　ちょっといいことあったとき　★
166 岡田喜代子詩集　おぐらひろかず・絵　千年の音　★☆◎
167 川奈静詩集　直江みちる・絵　ひもの屋さんの空　★◎☆♥♡
168 鶴岡千代子詩集　武田淑子・絵　白い花火　★☆
169 井上灯美子詩集　唐沢静・絵　ちいさい空をノックノック　★◎☆
170 尾崎杏子詩集　ひなた山すじゅう郎・絵　海辺のほいくえん　☆♡★◎
171 柘植愛子詩集　やなせたかし・絵　たんぽぽ線路　☆♡★◎●
172 小林比呂古詩集　うめざわのりお・絵　横須賀スケッチ　☆★◎♡▲
173 林佐知子詩集　串田敦子・絵　きょうという日　☆★◎♡▲
174 後藤基宗子詩集　岡澤由紀子・絵　風とあくしゅ　☆♥★◎♡
175 土屋律子詩集　高瀬のぶえ・絵　るすばんカレー　☆♡★◎▲
176 三輪アイ子詩集　深沢邦朗・絵　かたぐるましてよ　★☆♡
177 田辺瑞美子詩集　西真里子・絵　地球賛歌　☆★◎
178 高瀬美代子詩集　小倉玲子・絵　オカリナを吹く少女　☆♡
179 中野惠子詩集　串田敦子・絵　コロポックルでておいで　★♡☆●
180 松井節子詩集　阿見みどり・絵　風が遊びにきている　★☆♡▲

…ジュニアポエムシリーズ…

181	新谷智恵子詩集 徳田徳志芸・絵	とびたいペンギン	佐世保文学賞 ♡★◎ ▲
182	牛尾良子詩集 牛尾征治・写真	庭のおしゃべり	♡★◎
183	三枝ますみ詩集 高見八重子・絵	サバンナの子守歌	☆★
184	佐藤雅子詩集 佐藤太清 菊池治子・絵	空の牧《まき》場《ば》	☆★♡ ■◎◈
185	山内弘子詩集 おぐらひろかず・絵	思い出のポケット	♡★●
186	山内弘子詩集 阿見みどり・絵	花の旅人	♡★▲
187	原国子詩集 牧野鈴子・絵	小鳥のしらせ	♡★△ ◎
188	人見敬子詩・絵	方《はこ》舟《ぶね》地球号 ―いのちは元気―	♡★◎
189	林佐知子詩集 串田敦子・絵	天にまっすぐ	★☆♡ ◎
190	小臣富子詩 渡辺あきお・絵	わんさかわんさかどうぶつさん	✡♡★ ◎
191	川越文子詩 かまだちえみ・写真	もうすぐだからね	♡★◎
192	永田喜久男詩 武田淑子・絵	はんぶんごっこ	☆★◎ ♡
193	吉田房子詩 大和田明代・絵	大地はすごい	★◎♡
194	石井春香詩集 高見八重子・絵	人魚の祈り	★♡
195	石原一輝詩集 小倉玲子・絵	雲のひるね	♡
196	たかはしけいこ詩集 髙橋敏彦・絵	そのあと　ひとは	
197	宮田滋子詩集 おおた慶文・絵	風がふく日のお星さま	★♡◎
198	渡辺恵美子詩集 つるみゆき・絵	空をひとりじめ	
199	宮中雲子詩集 西真里子・絵	手と手のうた	
200	杉本深由起詩集 太田大八・絵	漢字のかんじ	
201	井上灯美子詩集 唐沢静・絵	心の窓が目だったら	
202	峰松晶子詩集 おおた慶文・絵	きばなコスモスの道	
203	高橋文子詩集 山中桃子・絵	八丈太鼓	
204	長野貴子詩集 武田淑子・絵	星座の散歩	

※発行年月日は、シリーズ番号順と異なり前後することがあります。

ジュニアポエムシリーズは、子どもにもわかる言葉で真実の世界をうたう個人詩集のシリーズです。

本シリーズからは、毎回多くの作品が教科書等の掲載詩に選ばれており、1975年以来、全国の小・中学校の図書館や公共図書館等で、長く、広く、読み継がれています。

心を育むポエムの世界。

一人でも多くの子どもや大人に豊かなポエムの世界が届くよう、ジュニアポエムシリーズはこれからも小さな灯をともし続けて参ります。

銀の小箱シリーズ

- 葉 祥明 詩・絵　小さな庭
- 若山 憲 詩・絵　白い煙突
- こばやしひろこ・詩 うめざわのりお・絵　みんななかよし
- 江口 正子・詩 油野 誠一・絵　みてみたい
- やなせたかし 詩・絵　あこがれよなかよくしよう
- 冨岡 みち・詩 関口 コオ・絵　ないしょやで
- 小林比呂古・詩 神谷 健雄・絵　花かたみ
- 小泉 周二・詩 辻 友紀子・絵　誕生日・おめでとう
- 柏原 耿子・詩 阿見みどり・絵　アハハ・ウフフ・オホホ★♡▲

すずのねえほん

- たかはしけいこ・詩 中釜浩一郎・絵　わたし★◎
- 尾上 尚子・詩 小倉 玲子・絵　ぽわぽわん
- 糸永えつこ・詩 高見八重子・絵　はるなつあきふゆもうひとつ★児文芸新人賞
- 山口 敦子・詩 高橋 宏幸・絵　ばあばとあそぼう
- あらい・まさはる・童謡 しのはらはれみ・絵　けさいちばんのおはようさん

アンソロジー

- 渡辺 浦人・編 村上 保・絵　赤い鳥 青い鳥
- わたげの会・編 渡辺あきお・絵　花ひらく
- 木曜会・編 西 真里子・絵　いまも星はでている
- 木曜会・編 西 真里子・絵　いったりきたり
- 木曜会・編 西 真里子・絵　宇宙からのメッセージ
- 木曜会・編 西 真里子・絵　地球のキャッチボール★◎
- 木曜会・編 西 真里子・絵　おにぎりとんがった☆★◎
- 木曜会・編 西 真里子・絵　みぃーつけた♡★◎
- 木曜会・編 西 真里子・絵　ドキドキがとまらない